D0888626

CUENTAMÉRICA

OTROS TÍTULOS DE ESTA COLECCIÓN

DE PRÓXIMA APARICIÓN

LO QUE CUENTAN LOS MAPUCHES

Dirección Editorial
Canela
(Gigliola Zecchin de Duhalde)

Diseño gráfico:
Helena Homs

Tejido de tapa:
Poncho altiplánico, siglo XVIII.
Costura de unión: bordado de raíz prehispánica.
(Gentileza Ruth Corcuera)

Impreso en la Argentina.
Queda hecho el depósito
que previene la ley 11.723.
© 2000, Editorial Sudamericana S.A.
Humberto Iº 531, Buenos Aires.

ISBN 950-07-1738-7.

LO QUE CUENTAN LOS MAPUCHES

Miguel Ángel Palermo

Ilustraciones:
María Rojas

PARA ACERCARNOS

"Mapu" llama este pueblo a su tierra, que se estira a los dos lados de la Cordillera de los Andes, en la Argentina y en Chile, entre bosques espesos, lagos verdes y azules, montañas nevadas, volcanes y llanuras interminables.

Durante siglos, los mapuches defendieron su patria contra incas, españoles y criollos. Pero también aprovecharon las novedades extranjeras, con la sabiduría de mantener al mismo tiempo una personalidad tan fuerte, que se impuso a otros pueblos vecinos, quienes tomaron su idioma y sus costumbres.

La tradición mapuche supo sobrevivir a las guerras primero y después al sometimiento y a la vida forzada en reservas, tierras pobres y ciudades. Y esa tradición, donde la palabra es algo especialmente valioso, guarda una gran cantidad de poesías religiosas y de amor, y muchas narraciones. Hay entre ellas "historias verdaderas" o nütram, *que explican por qué el mundo es como es; hay también leyendas de héroes y recuerdos históricos; y hay, por fin, "cuentos inventados" o epeu, hechos por el placer de divertirse.*

Ahora, un puñado de esas historias nos llega desde los fogones donde nacieron y donde han pasado de padres y madres a hijos e hijas; de abuelos y abuelas, a nietos y nietas.

TRENGTRENG Y KAIKAI

Hace mucho, muchísimo tiempo —casi sesenta mil años—, había dos víboras enormes: una se llamaba Trengtreng y la otra, Kaikai.

Trengtreng era enorme de veras, grande como una montaña; era muy buena y quería a la gente.

Kaikai también era grandísima, como la otra; pero no quería a las personas. Por eso, un día quiso destruir todo: empezó a mover la mole de su cuerpo, y eso hizo crecer el agua de los lagos de la Cordillera y del mar. Todo se empezó a inundar.

Enseguida apareció Trengtreng, para ayudar a los mapuches, y se puso a pelear con Kaikai. Y como el agua seguía creciendo, arqueó el lomo para arriba, silbó fuerte y la gente, al oír su silbido, vino corriendo y subió por su cuerpo para escaparse de la inundación.

La lucha de Trengtreng y Kaikai no acababa, y mientras las dos se golpeaban con la cabeza y se empujaban, una seguía levantando el lomo más y más para que las personas no se ahogaran, y la otra daba más y más coletazos para que el agua no parara de crecer. Así pasaron días enteros.

La gente sufría.

Algunos, los más miedosos, por el susto se convirtieron en piedras; por eso, ahora a veces en los cerros se ven piedras con forma de hombre o de mujer.

Otros se enojaron tanto porque la inundación no paraba, que se acabaron transformando en fieras: pumas y jaguares.

Y a otros, que eran más lentos en subir, los alcanzó el agua y se volvieron peces y sapos.

A todo esto, Trengtreng ya había arqueado tanto el lomo que casi tocaba el cielo. El Sol estaba muy cerca y hacía mucho calor. De las pocas personas que quedaban sin transformarse, algunas se taparon la cabeza con piedras, para protegerse; pero a otras se les quemó el pelo, y por eso ahora hay gente pelada. Y también hubo quienes quedaron todos chamuscados; por eso ahora hay gente más oscura que otra.

Por fin, Kaikai se cansó de pelear y de sacudirse, y se quedó quieta. Estaba vencida. El agua empezó a bajar y al mismo tiempo Trengtreng fue aplastando el lomo.

Cuando el agua volvió a los lagos y al mar, la poca gente que había quedado recorrió la Tierra y vio que ahora le gustaba más que antes: estaba limpia y linda, con los árboles muy verdes, el pasto crecido y tierno, y el aire más puro. En fin, la Tierra estaba rejuvenecida.

Ya no había más personas miedosas, porque todas ellas se habían convertido en piedras. Tampoco había nadie de carácter furioso, porque ahora eran, directamente, fieras. Todos eran mejores.

Esos hombres y mujeres tuvieron hijos y estos hijos se casaron y tuvieron más hijos, y en poco tiempo todo estaba lleno de gente como antes; de ellos descienden los mapuches de hoy.

Y dicen que cada sesenta mil años, cuando la Tierra se pone vieja y cansada, aparece Kaikai y trae una inundación que arrasa con todo. Pero siempre Trengtreng está atenta a lo que pasa, aunque parezca dormida y se la confunda con una montaña, donde crecen árboles y todo. Entonces, ella viene enseguida para salvar a los buenos, a los que saben ser valientes pero también pacientes.

EL BIEN PEINADO

El lago Lácar, en la cordillera del Neuquén, es muy grande y muy azul, y está rodeado de montañas arboladas, que se meten en el agua.

En uno de esos cerros andaba una vez un hombre que cuidaba ovejas, cuando se encontró con la entrada de una cueva. Estaba casi tapada por enredaderas y helechos, y por eso, aunque siempre andaba por ahí, nunca la había visto. Tampoco había oído a nadie decir que en ese lugar hubiera una gruta.

Como era muy curioso, se metió adentro; era una

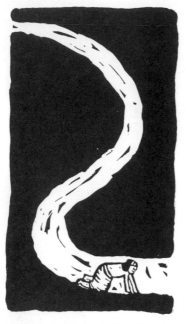

cueva muy honda. Caminó y caminó, y al rato de caminar ya no veía nada porque no llegaba la luz del día: había una oscuridad total. Por eso siguió más despacio, tanteando con la punta de los pies en el piso, y con las manos en las paredes desparejas y frías, hasta que el techo fue bajando tanto, que tuvo que gatear para seguir. Así fue como tocó algo que le parecieron piedritas. Como no podía verlas, juntó un puñado y salió. A la luz del sol ¡vio que tenía la mano llena de pepitas de oro!

El hombre pensó que lo mejor era volver a entrar, pero con gente que lo ayudara y luz para revisar bien esa caverna oscura, que parecía que no se acababa más. Juntó las ovejas y volvió a su pueblo.

Cuando la gente se enteró de la cueva con pepitas de oro, todos se entusiasmaron, prepararon antorchas, bolsas y hasta una carreta para traer el oro; montaron a caballo y allá fueron.

Pero al llegar a la boca de la caverna, se pararon en seco y muchos caballos se espantaron, se pararon de manos y tiraron a sus dueños al suelo; y hasta parece que algunas personas murieron del susto: junto a la entrada había un hombre. Eso no sería nada raro, pero es

que el hombre era negro como el carbón. Esto tampoco sería para asustarse; pero es que el hombre estaba muy bien peinado. Pero lo raro de veras y lo que hizo que todos se asustaran tanto no fue que hubiera un negro bien peinado junto a la cueva, sino que tenía medio cuerpo de hombre y el resto, desde el ombligo para abajo, como una enorme culebra, gruesísima y enroscada en varias vueltas de escamas oscuras y relucientes.

Cuando la gente ve cosas que no conoce, muchas veces se asusta; y cuando se asusta, muchas veces se enoja. Y fue lo que pasó entonces: todos se enojaron mucho con el hombre que era mitad culebra; entre otras cosas, porque a ellos no les gustaba asustarse.

Por eso lo rodearon, amenazándolo con palos, lo hicieron subir a la carreta y se lo llevaron al pueblo, para decidir entre todos qué hacían con él, aunque la verdad es que nadie tenía buenas intenciones.

El hombre-culebra ni se inmutó. Acomodó, lento y perezoso, su medio cuerpo de víbora en el carro, se arregló un poco el peinado y esperó con paciencia que los bueyes, más lentos y perezosos que él, llegaran al pueblo. Ahí se bajó, arrastrando las escamas, y habló por primera vez, en voz firme:

—Yo soy el Bien Peinado, ¡así me llamo! Y ya que se han tomado la molestia de traerme hasta acá, les quiero decir que si me dejan tranquilo les voy a dar mucho oro, que parece que les gusta tanto. Pero si me hacen mal, o si aunque sea piensan en hacerme mal, soy capaz de traer una inundación, o un terremoto... o mejor, una inundación y un terremoto juntos, que me gusta más. ¿Qué les parece?

—¿Y cuándo nos vas a dar el oro, y cuánto oro va a ser ese? —quiso saber uno, al que le gustaban los arreglos claros.

—Ahora les voy a dar bastante, para que vean que es cierto; pero después me tienen que llevar enseguida de vuelta para la cueva donde vivo. Ahí les voy a dar mu-

chísimo más: van a ver amarillo todo el suelo –contestó el Bien Peinado.

Y apenas terminó de hablar, empezó a poner unos huevos, iguales a los huevos de las culebras pero ¡de oro! Ponía y ponía, y el suelo quedó tapado; la gente se amontonaba y se daba empujones por conseguir esas pepitas de oro, y las guardaban en frazadas, en ollas, en bolsas o en canastos, según lo que cada uno tenía a mano.

Sólo una viejita, que tenía fama de muy sabia, no se agachó a juntar ese oro. Miró fijo al Bien Peinado, sonrió un poco, meneó la cabeza, se acercó y le dio la mano. El otro le dio la suya y también sonrió un poco.

Cuando acabaron de juntar el oro, los demás hicieron subir de nuevo al hombre-culebra a la carreta y lo volvieron a llevar a la cueva. Ahí les habló otra vez:

–¡Como les dije! ¡Van a ver amarillo el suelo! ¡Todo amarillo! ¡Ja, ja, ja!

Y sí, en ese momento todo el campo se puso dorado, pero cuando se agacharon para juntar las pepitas, vieron que no era oro, sino unas florecitas amarillas que nunca habían visto. Se dieron vuelta para pregun-

tarle al Bien Peinado qué pasaba, pero él ya no estaba. Había desaparecido. Buscaron y buscaron, pero no los pudieron encontrar a él ni a la cueva, ni a una sola pepita de oro.

Volvieron a su pueblo y, cuando fueron a buscar los huevitos de oro que habían conseguido antes, encontraron que todas las frazadas, las ollas, las bolsas o los canastos que habían llenado, estaban ahora repletos de florecitas amarillas. Y la viejita aquella que había saludado al Bien Peinado, que era sabia y por eso sabía qué iba a pasar, se reía despacito.

Al poco tiempo hubo un terremoto, aunque no muy fuerte; y el agua del lago creció bastante y después bajó.

–¡Esto es cosa del Bien Peinado! –comentaban todos.

Desde entonces, nunca más aparecieron la caverna ni el hombre-culebra, y en realidad nadie tuvo ya muchas ganas de toparse con él. Había resultado mucho más poderoso de lo que creían, y tenían la impresión de que, si no lo hubieran pescado en un día de buen humor, la cosa hubiera sido bastante más peliaguda.

Oro no tuvieron, pero desde ese día les quedaron esas flores amarillas que crecen todos los años en la zona. Muchos les dicen "topa-topa"; pero los mapuches, que se acuerdan de cómo brotaron por primera vez, las llaman *kuram filu*, que en su idioma quiere decir "huevo de culebra".

LOS BRUJOS CANÍBALES

Había una vez tres herma-
nos varones. Un día, el mayor
dijo:

–Yo voy a salir de viaje, para conocer el mundo. Dentro
de un tiempo, vuelvo y les cuento cómo me ha ido.

Ensilló su caballo y se fue. Al trote, al trote, viajó varios días hasta que llegó a una zona que no conocía;
nunca había ido tan lejos. Ahí todo era bastante raro: la
forma de los cerros, demasiado puntiagudos; el pasto,
que crecía en tirabuzones; los bichos, que no se sabía
si zumbaban o silbaban...

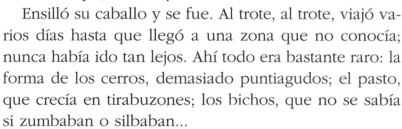

Por fin, vio una casa y se acercó. Cuando llegó, notó que era muy grande. No tenía ventanas, cosa que no le extrañó porque nunca hay en las casas mapuches; pero sí lo asombró la entrada, con su puerta de madera muy fuerte, hecha de tablones gruesos y claveteados. La cerraba una tranca pesada, de hierro.

Estaba mirando eso y ya pensaba que no había nadie, cuando oyó una voz que venía de un árbol junto a la casa:

–¡Ay, ay, ay, ay! –decía, en tono quejoso.

Miró para arriba y vio a un hombre muy viejo, subido a una rama. "¡Qué cosa más rara!", pensó el muchacho, "un señor tan mayor, trepado a un árbol". Pero como era muy educado, se apuró a saludar:

–¡*Mari mari, chao*! –le dijo en mapuche, lo que quiere decir más o menos "¡Buenos días, padre!", que así se les dice a los hombres mayores.

–¿Adónde vas, hijo? –le preguntó el hombre.

–Estoy de viaje para conocer el mundo –contestó el muchacho.

–Te invito a que bajes un rato del caballo y tomes algo caliente, que hace frío –le dijo el otro, y él mismo empezó a bajar del árbol.

El muchacho desmontó. Entonces, apareció la mujer del viejo, que también era viejísima.

–Por acá, por acá, m'hijito –dijo, y los dos le abrieron el portón de la casa.

Adentro estaba todo oscuro y había olor a encierro, a aire estancado y sucio. Le pareció que sentía unos susurros y unos roces, que unas cosas se movían al fondo, pero no estaba seguro. No le daban ganas de entrar, pero ¡cómo iba a ofender a esa gente que lo invitaba! Entonces, cuando estaba parado, indeciso, tratando de acostumbrar la vista a la oscuridad, los otros le dieron un empujón, lo metieron de cabeza en la casa, cerraron la puerta con la tranca, se frotaron las manos y empezaron a bailar, muy contentos.

¿Qué pasaba? Que esos dos, que parecían nada más que unos viejitos medio raros, eran en realidad un par de brujos que habían decidido, después de muchas otras maldades, hacerse caníbales. Por eso, apenas llegaba alguien a su casa, el hombre, que espiaba desde el árbol, le avisaba a la bruja diciendo "Ay, ay, ay, ay", haciéndose el quejoso; ella se preparaba, engañaban al que había llegado, lo encerraban y lo iban engordando para comérselo cuando estuviera bien a punto. Si venía a caballo, guardaban el animal en un corral.

Pasó el tiempo y, como el mayor no volvía, el hermano del medio salió a buscarlo. Por el camino le iba preguntando a la gente que lo había visto pasar, y así se fue encaminando para la casa de los brujos.

La historia se repitió: el hombre del árbol dijo su "Ay, ay, ay, ay", el muchacho saludó (y además preguntó por su hermano), lo invitaron a tomar algo y ¡de cabeza a la casa y encerrado! Y su caballo, al corral.

Como los dos hermanos no volvían, salió el menor a buscarlos; también iba a caballo, pero además lo acompañaba su perro, que se llamaba Fayuwentru, que en mapuche quiere decir "Hombre bayo"; y era clarito, del mismo color que los caballos bayos. Preguntando, preguntando, llegó a la casa de los brujos.

–¡Ay, ay, ay, ay! –dijo el viejo en el árbol.

–¡Buenos días, don! –dijo el muchacho.

–¿Adónde vas, hijo? –preguntó el hombre desde arriba.

–Ando buscando a mis hermanos. El mayor salió de viaje y, como no volvía, mi otro hermano fue a ver si lo encontraba. Pero tampoco él volvió, así que ahora salí yo a buscar a los dos.

–No los vi –mintió el hombre–. Nosotros somos unos viejitos solitos; nadie nos visita. Pero nos gustaría que pases a tomar algo caliente en casa.

El brujo se bajó del árbol y el invitado, del caballo; pero en ese momento el perro empezó a gruñir; levantó los labios, mostrando los colmillos, y se le pararon los pelos del lomo. El caballo se puso nervioso y relinchó, y desde el corral de los viejos se oyeron otros relinchos que le contestaban y que al muchacho le parecieron conocidos: ¡eran los caballos de sus hermanos! Entonces se dio cuenta de que algo malo pasaba y de que ellos seguramente estaban presos por ahí. Así que le ordenó al perro:

—¡A pelear, Fayuwentru!

Fayuwentru no perdió el tiempo: se abalanzó de un salto sobre el hombre y, aunque el brujo trató de defenderse y de hacer magia para sacárselo de encima, no lo dejó. Lo tiró al piso y en un momento lo destrozó con los dientes.

Con el alboroto, apareció la bruja, y el muchacho volvió a ordenar:

—¡A pelear, Fayuwentru!

El perro también se le tiró encima y tampoco le dio tiempo a esta para usar su magia. Como su marido, la bruja quedó hecha pedazos.

Entonces el muchacho sacó la tranca de la puerta, la abrió y de adentro salieron sus dos hermanos y como cien personas más. Habían estado todos encerrados ahí, sofocados y con miedo, co-

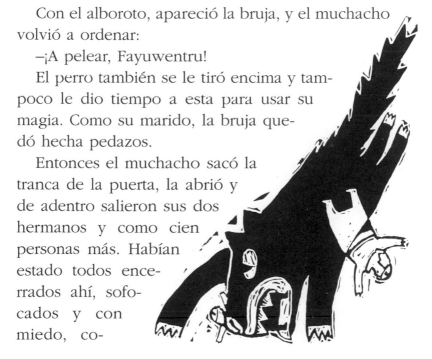

mo gallinas en un gallinero oscuro, esperando que a los brujos se les ocurriera comérselos cuando los vieran bien gordos.

Así fue como todos se salvaron, gracias al menor de los hermanos y a su perro Fayuwentru. El lugar, que era tan raro cuando vivían los dos brujos, se hizo normal cuando desapareció la magia que ellos hacían. Había buen pasto para criar ganado, buena tierra para sembrar, agua... Los tres muchachos decidieron que ya habían visto bastante mundo y se quedaron a vivir allí.

LOS FAVORES DEL TIGRE

Hace mucho tiempo, en la época de los padres de nuestros abuelos, un grupo de hombres salió de viaje, con muchas mulas y caballos cargados con ponchos, mantas, sal y trigo. Como hacían siempre, querían vender todo a otra gente, para conseguir a cambio varias cosas que necesitaban.

En ese entonces, los mapuches estaban en guerra contra los *winkas*, es decir los "blancos". Y así fue como, cuando estaban ya lejos de su pueblo, se encontraron con un grupo de soldados enemigos que venían

invadiendo la tierra. Eran muchos y estaban muy bien armados, y por eso los viajeros tuvieron que escaparse, perdiendo la carga.

Entre ellos iba un hombre en un caballo tan rápido que, en la disparada, perdió de vista a los enemigos pero también a los suyos. Estaba en una zona desconocida y se perdió; no tenía la menor idea de cómo volver a su pueblo.

Anduvo así varios días; tomaba agua de los arroyos, pero no tenía nada para comer. Estaba muy cansado y, en un momento en que paró a descansar, se le apareció un tigre enorme.

Bueno, no era un tigre con rayas, porque ni en Chile ni en la Patagonia ni en la Pampa hay esos animales; era un jaguar, de esos amarillos y manchados, que son tan bravos. Los criollos les dicen "tigres" y los ma-

puches los llaman *nawell*, y en aquellos tiempos había muchos en esas regiones.

La cuestión es que –tigre o jaguar– el hombre se asustó mucho. Y para colmo, su caballo se asustó más, salió al galope y lo dejó de a pie.

La fiera se acercaba, relamiéndose con un revuelo de bigotes duros. Y entonces el hombre decidió pedirle que no le hiciera nada. Porque los mapuches dicen que el *nawell* es un animal superior, que tiene un alma grande y, aunque es muy peligroso, sabe escuchar con paciencia. Así que se arrodilló y le habló:

–Nawell, yo quiero vivir. No me hagas nada, por favor, Nawell. Ya bastantes desgracias tengo: hace días que no como, estoy perdido, tengo miedo en este camino que no conozco.

El Tigre lo miró fijo, fijo, y el hombre vio que de

esos ojos alargados se caía una lágrima. ¡Estaba llorando! Con la cabeza agachada, como triste, el animal se dio vuelta y se fue al trote, pero al rato volvió: traía un avestruz que acababa de cazar, y se lo dio al hombre, que así pudo comer después de tanto tiempo.

Cuando acabó la comida, miró al Tigre y vio que iba cambiando; despacito, despacito, se estaba convirtiendo en una mujer, joven y hermosa. Tenía ropa de lana muy fina, azul casi negra, y relucía al sol con sus alhajas de plata, como las que usan las mujeres ricas, las hijas de familias importantes: anillos en las manos, prendedores en el pecho, enormes aretes cuadrados en las orejas, diadema con medallas en la cabeza, y las trenzas envueltas en tiras de tela tachonadas. Sólo los ojos amarillentos y la manera de moverse recordaban al *nawell*.

Entonces, entre el tintineo de sus adornos, la mujer-tigre dijo:

–Ahora ya solucionaste uno

de tus problemas: has comido. Quiero saber cuál es tu miedo en este camino.

–Antes tenía miedo de encontrarme con un *nawell* y ahora sigo con miedo, pero de encontrarme con el Toro Chupei.

El Toro Chupei era una especie de toro muy raro, con cuernos largos y puntudos, que siempre estaba furioso y echaba espuma por la boca. Pero lo que era malo de veras, lo que metía miedo de verdad –al fin de cuentas, hay muchos toros bravos– es que no comía pasto como cualquier otro, sino gente.

–A ese lo arreglo yo; no te asustes, que no te va a pasar nada –contestó la *mujer-nawell*–. Y después voy a ser tu guía para que vuelvas a tu casa.

Tres días caminaron, y al cuarto apareció el Toro Chupei.

–Quiero que te quedes acá, tranquilo, mientras yo lo voy a pelear –dijo la mujer, y tomó de nuevo su forma de fiera.

El Toro Chupei resopló, rasguñó el suelo con las pezuñas, se dio impulso y se abalanzó contra el Tigre, apuntando con los cuernos. El *nawell* rugió, pegó un salto y cayó sobre el lomo del otro. Empezó la pelea y se levantó una tremenda polvareda, como una nube de la que salían cuernos, patas, colas, rugidos y bufidos... El Toro trataba de ensartar al Tigre con los cuernos y, cuando lo tenía encima, se tiraba de espaldas al suelo, tratando de aplastarlo. El Tigre se soltaba, esquivaba el peso del Toro y después se le volvía a echar encima. Después de un rato, todo quedó quieto. Cuando bajó la nube de polvo, el hombre vio que había ganado el *nawell*. El Toro Chupei quedó tirado en el suelo, despatarrado: ya nunca más se comería a nadie.

Con dos lengüetazos, el Tigre se limpió el hocico. Entonces buscó al hombre y le dijo que siguieran camino. Así llegaron hasta cerca del pueblo del mapuche y ahí se despidieron.

Es que así son las cosas: hasta el más bravo, como el Tigre, puede ser bueno si le dan la oportunidad.

PROBLEMAS POR CULPA
DEL VIEJO LATRAPAI

Los mapuches dicen que la mejor suerte que puede tener un hombre es ser padre de muchas hijas mujeres. Porque las mujeres ¡hacen tantas cosas! No sólo son hermosas y alegran la vida de los hombres: son ellas las que crían a los chicos, las que cocinan, las que hilan la lana y tejen esos hermosos ponchos y mantas que sirven para usar y para vender. Siembran la tierra junto con los hombres, saben salir a comerciar y no tienen vergüenza de regatear con entusiasmo. Y además, aumentan el poder de la familia. Porque al casarse, la familia del novio entrega una dote, la mejor que puede: ganado, telas, joyas de plata, como compensación por llevarse a la muchacha. Y, lo más importante, con la boda se forma una alianza que no tiene comparación: porque se puede dejar a un cacique, un amigo puede hacerse enemigo; pero la familia siempre queda, los parientes no pueden fallar. Por eso, aunque la opinión de los que quieren casarse tiene mucha importancia, los padres siempre participan en la decisión de que se haga o no un casamiento.

Hace muchísimo tiempo, había dos hermanos que se llamaban Pedíu y Kónkel. Un día pensaron que ya era hora de casarse, y como conocían a dos hermanas que les gustaban mucho, les pareció buena idea pedirlas por esposas. Las muchachas eran hijas de un hombre

muy viejo y muy mañoso, al que llamaban el Viejo Latrapai, y Pedíu y Kónkel fueron a conversar con él para pedirle el permiso de casarse con ellas.

A Latrapai no le gustó la idea, vaya uno a saber por
qué; seguramente, tenía en vista otra familia más rica
para emparentarse. Pero como era un tramposo, en lugar de decirles que no, les dijo que sí, que estaba de
acuerdo, pero que antes tenían que hacerle algunas ta-
reas que les iba a encargar como prueba, porque quería ver qué tal trabajaban sus futuros yernos.

Lo primero que les pidió fue que cortaran unos árboles muy gruesos, pero como herramientas para eso
les dio dos hachas que no servían para nada. Apenas
los dos hermanos dieron un par de hachazos contra los
troncos, se les rompieron.

Pedíu y Kónkel no eran gente tan común como parecía a simple vista; conocían cosas de magia y de fuer-

zas ocultas, y tenían muchos más recursos que los que el Viejo Latrapai se imaginaba.

Por eso, cuando se quedaron sin herramientas, gritaron fuerte:

—¡Que baje el hacha del trueno!

Gritaron eso porque los mapuches dicen que en la punta de los rayos vienen unas cabezas de hachas de piedra muy poderosas, que caen con tanta fuerza que se incrustan hondas en la tierra. Y ellos también dicen que cuando al hacer un pozo aparece una de estas hachas, es porque quedó enterrada al bajar del cielo.

Así que gritaron fuerte:

—¡Que baje el hacha del trueno!

Y gritaron tantas veces hasta que se oyó un trueno y cayeron dos rayos, aunque ese día había un sol radiante. Escarbando en la tierra, encontraron dos cabezas de hacha de piedra, les pusieron mango y así trabajaron tan bien, que con cada golpe tiraban abajo un árbol.

Cuando el Viejo Latrapai vio los troncos cortados, le dio mucha rabia; pero se hizo el disimulado y dijo:

—¡Ajá! ¡Muy bien! Ahora quiero que me vayan a enlazar unos toritos que se me escaparon hace un tiempo.

Pero no eran "unos toritos", sino unos torazos enormes, y tan mañosos como su dueño. Esto no hubiera sido demasiado problema para los dos hermanos, que sabían muy bien cómo atrapar animales ariscos; pero Latrapai había mandado a otro pícaro, el Zorro, para espantar a cada rato a los toros. Pedíu y Kónkel tardaron días en enlazarlos.

Mientras tanto, el Viejo Latrapai se dio cuenta de que estos hermanos eran capaces de cumplir con cualquier trabajo y decidió escaparse, llevándose con él a las hijas. De un día para otro, los vecinos dejaron de verlos en su casa y nadie sabía adónde habían ido.

Cuando los muchachos volvieron para buscar a sus novias, ya que habían cumplido con las pruebas, se encontraron con esta novedad y empezaron a preguntar a todos dónde estaban Latrapai y las chicas. Ninguno podía decirles nada. Pedíu y Kónkel se enojaron mucho, porque creyeron que los vecinos los estaban engañando, y les dijeron:

—¡Ahora van a ver!

Y, como eran tan poderosos, subieron al cielo, sacaron al Sol y lo metieron bajo una gran olla dada vuelta. Todo quedó a oscuras.

Pasó el tiempo; no los días, porque era siempre de noche. La gente estaba desesperada: no veían nada, no podían llegar al río para buscar agua, se perdían en los caminos, no encontraban su ganado, no podían llevar comida a sus casas. Entonces, fueron a pedirles a los hermanos que tuvieran lástima de ellos:

—¡Por favor, suelten al Sol! —decía uno.

—¡Nada! —contestaban Pedíu y Kónkel.

—¡Hace frío! —gritaba otro.

—¡Nada!

—¡Por favor! ¡Por favor! —insistía otro.

—¡Nada! Si nosotros nos quedamos sin novias, ustedes se quedan sin Sol. ¡Y por cuatro años!

No había manera de hacerlos cambiar. Por eso, los

demás se reunieron, discutieron un buen rato y decidieron ofrecerles que eligieran esposas entre las muchachas solteras del grupo.

–¡Mmmm! –contestaron los hermanos–. Puede ser.
¡Tráiganlas!

Y encendieron un fuego para poder verlas.

En ese tiempo, cuentan los mapuches, los animales
eran como hombres y mujeres: hablaban y se portaban
como personas, aunque ya tenían muchas de las costumbres que iban a tener después, cuando fueran sim-
ples animales como ahora. Primero que todos, rápido,
vino Ñamku, el Aguilucho, y llevó a su hija junto a la
luz de las llamas. Pero los hermanos dijeron enseguida:

–¡Fuera, comesapos! –porque entonces, igual que
ahora, los aguiluchos comían bichos, culebras, rato-
nes... y a ellos les dio asco.

Después llegó el Jote (otros le dicen Cuervo o Zo-
pilote), pero cuando vieron a su hija, los hermanos gritaron:

–¡Fuera, mal aliento! –porque los jotes siempre co-
men carne podrida.

Y así siguieron: que la hija de la Garza no les gustaba porque era de piernas demasiado largas; que la hi-

ja del Loro menos, porque las tenía torcidas; que la Lechucita era fea, y así. La hija de la Golondrina les pareció muy linda, pero demasiado chiquita.

Al fin, los hermanos dijeron:

–No hay trato. ¡Cuatro años sin Sol!

Todos estaban desesperados, pero entonces la Perdiz vio que la mula de uno de los hermanos estaba parada justo junto a la olla que tapaba el Sol, y tuvo una idea. Se acercó despacito y después pasó corriendo por debajo de la panza del animal. La mula se asustó y pegó una patada ¡y qué fuerte patean las mulas! Con esa patada rompió la olla, el Sol se escapó, subió al cielo y se hizo de día otra vez.

Pedíu y Kónkel ya no tenían más rabia: ahora sentían tristeza, porque estaban solos y se habían quedado sin mujer. Entonces, Choike –el Avestruz– tuvo pena de ellos y les dijo que aunque habían estado bastante mal con eso de dejarlos a oscuras, él les iba a conseguir esposas bonitas.

Se puso a bailar y bailar alrededor de un agujero en la tierra y al rato, como Choike también tenía poderes mágicos, se vio que algo salía del hoyo. Eran dos mujeres, muy pero muy feas.

–¡Ay! –gritaron los hermanos, asustados.

–Esperen –dijo Choike–, que esto es el ensayo nomás –y siguió bailando.

Por fin, salieron dos muchachas muy lindas, que a Pedíu y a Kónkel les gustaron mucho. Se casaron y todos quedaron en paz. Del Viejo Latrapai nunca más se supo nada.

TRES HERMANAS
Y UNA QUE SABÍA ELEGIR BIEN

Había una vez tres herma-
nas pobres.

La primera salió a buscar
trabajo, y en el camino, cuando descansaba bajo un árbol,
se le apareció un hombre con
cara de bueno, al que nunca había visto, y le preguntó qué hacía por ahí.

–Busco trabajo –dijo ella.

–Si estás de acuerdo en lavar ropa, yo te ofrezco trabajo.

La muchacha aceptó y se pasó una semana lavando y

lavando en casa del hombre. Cuando terminó, él le preguntó:

–¿Cómo te pago, con plata o con una varita?

–¡Con plata! –contestó ella, y volvió muy contenta para su casa con un montón de plata que le sirvió para comprar mucha ropa y anillos y collares y de todo un poco.

La segunda hermana se enteró y quiso tener esa suerte también. Se fue de su casa y le pasó como a la otra: se encontró con el mismo hombre, que le preguntó qué andaba haciendo por ahí.

–Busco trabajo –le contestó.

–Si estás de acuerdo en lavar –dijo el hombre–, yo necesito alguien que me lave la ropa.

La chica fue con él y estuvo una semana entera lavando. Al fin, el hombre quiso saber:

–¿Cómo te pago, con plata o con una varita?

–¡Con plata, con plata! –le contestó la muchacha, y se volvió a su casa con un montón de plata y se pudo comprar ropa y alhajas.

Entonces fue la hermana menor y también se encontró con aquel hombre, que le preguntó qué hacía y le ofreció trabajo. Ella aceptó y después de lavar ropa una semana, él le preguntó:

–¿Cómo te pago, con plata o con una varita?

–¡Con una varita! –dijo la chica.

–Ah, ¡muy pero muy bien! –dijo el hombre–. ¡Así me gusta! Te doy esta varita, entonces. Es una varita mágica: cuando quieras algo, te lo va a conseguir. Hay que guardarla bien, enterrada debajo de una piedra.

La muchacha volvió a su casa, y cuando sus hermanas la vieron llegar sin plata, se burlaron:

–¡Pero por favor! ¡Miren lo que va a cobrar por toda una semana de trabajo! ¡Un palito! ¡Parece mentira!

Ella quiso explicarles que esa era una varita especial, pero ni la escucharon.

Al tiempo se armó una fiesta muy grande y todas querían ir, pero a la hermana menor las otras dos no la dejaron:

–¿Y con qué ropa vas a ir a esa fiesta? ¡Si no hubieras sido tan inútil y hubieras cobrado plata como nosotras, ahora podrías tener un hermoso vestido y joyas elegantes! ¡No vas nada! ¡No queremos pasar vergüenza con una hermana zaparrastrosa!

Se arreglaron bien y salieron para la fiesta, muy emperifolladas.

Entonces la hermana menor fue a buscar la varita, la sacó

de abajo de una piedra, la limpió bien con un trapito y pidió:

–Tengo que ir a una fiesta. ¡Quiero ropa muy elegante y adornos de plata! ¡Quiero un caballo que sea muy lindo, con riendas de plata y estribos de plata y montura de plata! ¡Quiero dos muchachos elegantes, montados en caballos finos, para que me acompañen!

Ahí nomás se vio vestida con ropa muy hermosa y las mejores joyas de plata, desde la cabeza hasta las manos. Y como era lindísima, daba gusto verla.

Enseguida aparecieron dos muchachos vestidos con ponchos azules y espuelas de plata, montados en hermosos caballos, con riendas de plata y estribos de plata y monturas de plata, y venían con otro caballo igual para ella.

En ese momento, la varita habló:

–Espero que te diviertas en la fiesta. ¡Pero cuidado, que después hay que devolver todo, eh!

La chica montó a caballo y salió para la fiesta, acompañada por los dos muchachos. Cuando llegaron, llamó mucho la atención, pero las hermanas no la reconocieron así vestida. En realidad, como eran envidiosas, no quisieron mirar mucho a esa mujer tan hermosa que había aparecido.

Ella bailó, se divirtió y, cuando la reunión acabó, volvió para su casa. Ahí, buscó la varita y le devolvió todo: desaparecieron los muchachos, los caballos, la ropa fina, los adornos...

Pero todavía no acaba la historia, porque el hijo de un cacique muy importante la había visto en la fiesta y

estaba muy enamorado de ella. La buscó días y días sin descansar, hasta que la encontró, y el asunto acabó en matrimonio.

Por eso, nunca hay que apurarse a juzgar, habrán aprendido las hermanas; cada cual tiene sus razones y lo que a veces parece una tontería, puede ser la decisión más inteligente.

LA BÚSQUEDA DE SHUSHU

Según la tradición mapu-
che, un hombre puede casarse con más de una mujer; pero, en general, sólo caciques
y otras personas importantes
tienen varias esposas. ¿Cómo
se llevan entre ellas? Y... cada
casa es un mundo: algunas son muy amigas, otras se
pelean a cada rato; depende de la gente. Pero cuando
hay una mujer celosa y envidiosa, puede pasar lo peor.
Como en la historia de Shushu.

Un cacique tenía una hija: Shushu, que en mapuche
quiere decir "pupila del ojo". El hombre era padre de

otros hijos, pero a la que más quería era a ella; le parecía lo mejor que había en el mundo.

El cacique, aunque ya tenía varias esposas, tomó una nueva, que se llamaba Püllü y tenía bien puesto el nombre, que quiere decir "mosca", porque era fastidiosa y no servía para nada. Pronto, Püllü se peleó con las otras mujeres del marido. Pero lo que más la amargaba era el cariño que él le tenía a esa hija. La envidia y los celos la volvían loca; claro que disimulaba, para no quedar mal con el hombre.

Un día, otra familia importante pidió que Shushu se

casara con su hijo. Todos estuvieron de acuerdo, y se fijó el día de la ceremonia. Püllü estaba furiosa al ver que todos hablaban de Shushu, que la muchacha era tan feliz y que estaba más linda que nunca. Por eso, le pidió ayuda a una bruja.

La bruja robó de una tumba el esqueleto de un guerrero muerto y a cada hueso le sacó una astillita, que fue guardando. Después, tiró el resto de los huesos en distintas direcciones y, gracias a su fuerza mágica, volaron lejos y se enterraron al caer. En un morterito, molió las astillas y las mezcló con grasa de pájaro nocturno, con ponzoña de araña y de víbora, con hojas y raíces de plantas venenosas, mientras decía sus conjuros. Puso el menjunje en una vasijita y explicó a Püllü:

—Si la novia se unta la cara y la cabeza con esto, no hay casamiento; te lo digo yo.

Püllü se llevó el pote. La noche antes de la boda visitó a Shushu y le dijo:

—Esta pomada te va a dejar la piel fresca y el pelo reluciente. Yo misma te la voy a poner.

Y Shushu, confiada, la dejó.

A la mañana, cuando se levantó, se frotó los ojos y sintió algo raro. Se tanteó la cara y la cabeza, y descubrió algo horrible: no tenía nada de piel, era una calavera toda pelada.

Desesperada, se escapó de su casa, tapándose con una manta para que nadie la viera, y corrió hasta donde vivía un famoso *machi*, es decir una persona capaz de comunicarse con Dios y con los espíritus, que puede adivinar y curar. El *machi* empezó a tocar su tambor *kultrum*, mientras se balanceaba y cantaba a media voz en un idioma raro. Por fin, cayó al suelo, como muerto, mientras el alma se le iba del cuerpo y volaba lejos, para hacer averiguaciones. Al volver, el *machi* despertó y le explicó que el embrujo sólo se podía deshacer si ella encontraba los huesos del guerrero muerto. Pero él no sabía dónde estaban.

Shushu se fue sola al bosque y pasó días enteros

buscando, mientras vivía de agua de los arroyos y frutillas silvestres.

Una tarde, vio un movimiento raro entre unas plantas. Se acercó y encontró un huemul, el ciervo de los Andes, muy herido. Trajo agua con las manos, le lavó las heridas y le puso unas hojas que sanan. El animal la miró con sus ojos oscuros, rascó cuatro veces la tierra con la pezuña y, antes de irse, le dijo:

–Este es un buen lugar para cavar.

Ella hurgó en el suelo y del hoyo empezó a salir agua y cada vez más agua, que agrandó el agujero y arrastró un atado de huesos grandes: había piernas, brazos, caderas y costillas. Shushu guardó todo en su chal y siguió viaje.

Dos días después, cuando terminaba la tarde, se sentó a descansar y oyó una vocecita que pedía auxilio. Extrañada, miró y vio una hormiga que forcejeaba por despegarse de la resina de un tronco. Shushu la soltó y la hormiga, antes de irse, le dijo con su voz minúscula:

–Hay que buscar aquí, aquí, aquí, aquí –mientras pegaba con su patita en el piso.

Shushu le hizo caso y escarbó con las manos. Apareció una bolsa, y al abrirla vio que estaba llena de huesos chicos.

La muchacha siguió viaje, con su carga. El bosque se acabó y ella subió por un cerro desierto y pedregoso. Casi de noche, se detuvo para dormir; estaba muy cansada. Y en ese momento apareció un enorme *nawell*, un jaguar, que rengueaba y bramaba despacio, dolorido. Así llegó hasta Shushu y estiró una zarpa, como mostrándosela: tenía clavada una tremenda espina. Sin miedo pero con mucho cuidado, ella tiró y se la sacó. Pero con esto acabó sus últimas fuerzas: estaba rendida, y cayó desmayada. Entonces, el animal le lamió la cara y la cabeza, como un perro cariñoso. Después se fue pero volvió enseguida; en la boca traía algo como una ollita, que usó para rociar a Shushu con agua fresca. El líquido la despertó y también salpicó los huesos. Cuando terminó de echar el agua, el *nawell* soltó la ollita, que rodó por el piso: ahí se vio que no era una vasija, sino el cráneo de una persona.

Y en ese mismo momento, los huesos empezaron a moverse solos, a arrastrarse por el piso y a ponerse en orden; la cabeza fue la última en ubicarse. Cuando el esqueleto se armó, lo tapó una niebla delgadita y se fue llenando de carne. Por fin, quedó completo el cuerpo de un hombre joven, que abrió los ojos y se paró. Era el guerrero de la tumba, que estaba vivo otra vez, y mi-

raba a Shushu. Pero no daba nada de miedo: era una persona viva y sonreía tranquilo, como el que se despierta después de dormir bien.

Ella se quiso tapar con las manos, para que él no la viera tan horrible como estaba, y en ese momento descubrió que tenía otra vez su cara y su pelo.

Y así va acabando la historia. Shushu volvió a su casa, hermosa de nuevo, con el guerrero resucitado. Cuando los dos aparecieron, Püllü se desesperó y trató de escaparse; pero ya era tarde: el cacique se había enterado de la verdad y mandó a sus hombres que la persiguieran y la mataran a lanzazos.

El guerrero se encontró con su familia, que pidió permiso al padre de Shushu para que los dos se casaran. Así pasó, y en unos pocos días hubo una gran fiesta. Eso sí: por las dudas, esta vez Shushu no se puso ninguna crema de belleza. Y la verdad es que no le hacía falta.

¿QUIÉNES SON LOS MAPUCHES?

Los mapuches son un pueblo repartido entre dos repúblicas: la Argentina y Chile. Los españoles también los llamaron *araucanos*, porque algunos de ellos vivían en el valle chileno de Arauco, pero su verdadero nombre es el primero.

En el siglo XV, los guerreros mapuches frenaron el avance hacia el sur de los ejércitos del Imperio Incaico. Un siglo más tarde, los conquistadores españoles encontraron gran resistencia en los mapuches del centro de Chile, donde se calcula que eran entonces, por lo menos, 500.000 personas. Tiempo después, varios grupos cruzaron la Cordillera de los Andes y se instalaron en las actuales provincias argentinas de Neuquén y Río Negro. En el siglo XVIII ya estaban en la provincia de Buenos Aires y pronto se habían convertido en el pueblo indígena más importante de la Pampa y el norte de la Patagonia. Tan importante, que otros pueblos empezaron a hablar su idioma y tomaron muchas de sus costumbres.

COSECHAR Y CRIAR, HILAR Y ADORNARSE

Los antiguos mapuches eran agricultores y también criaban gallinas y llamas. Estas les servían como animal de carga; además, de ellas obtenían la lana para los telares, donde las mujeres tejían la ropa de colores oscuros y fuertes, con dibujos geométricos en blanco.

Ellas vestían una especie de manto, que les envolvía el cuerpo hasta abajo de las rodillas, sujeto con prendedores en los hombros y fajas en la cintura. Por encima usaban un chal, sostenido con prendedores o alfileres de plata. En la cabeza, una vincha o banda de lana, y tiras de tela que envolvían las trenzas. Y muchos adornos: diademas, pectorales, aretes, anillos, todo de plata, pulida y brillante. Los hombres llevaban una especie de falda larga o chiripá, faja de lana y poncho. En la guerra con los conquistadores, se ponían coraza y casco de cuero crudo. Con el paso del tiempo, los mapuches –siempre dispuestos a aceptar novedades, si les convenían– adoptaron muchos hábitos de los españoles y de otros pueblos indígenas, y así empezaron a calzar botas de cuero de potro como las de los tehuelches (copiadas también por los criollos) y ropa comprada a los "blancos": camisas, pañuelos de cuello, sombreros...

FAMILIAS Y CACIQUES

La base de la sociedad mapuche tradicional era la familia, formada por padres e hijos, abuelos, tíos, primos y cuñados. Esta gran familia vivía en una *ruka* o casa bastante amplia, de postes y techo de paja que llegaba hasta el suelo (en la Pampa, era de cuero). Las familias se unían en grupos mayores, encabezados por líderes de distinta jerarquía: capitanejos, capitanes, caciques o lonkos. En caso de guerra, varios caciques podían aliarse y juntar a sus hombres para pelear, eligiendo quién sería jefe de los guerreros; pero al acabar la guerra cada grupo volvía a ser autónomo. Aunque en el siglo XIX hubo confederaciones bastante estables de grupos, con caciques muy renombrados, nunca hubo uno solo de ellos que comandara a todo el pueblo mapuche.

Estos líderes no tenían mucho poder sobre su gente, que podía irse del grupo e instalarse a vivir con otro cacique cuando quería, y las decisiones importantes se tomaban democráticamente en reuniones o parlamentos donde opinaban todos los hombres.

Entre ellos había familias más ricas que otras, aunque no existían clases sociales rígidas: con trabajo, habilidad y suerte, un pobre podía convertirse en rico; también un rico podía empobrecerse. Pero los mapuches se sentían obligados a ayudarse entre ellos: nadie debía pasar hambre mientras a otro le sobrase comida.

CREER Y CURAR

Las creencias mapuches giran alrededor de un dios muy importante, a la vez joven y viejo, al mismo tiempo hombre y mujer, al que se invoca con varios nombres, como *Nguenechén* ("Dueño de la gente") y *Chao* ("Padre"). Creador y controlador del mundo, protege a la gente; pero retira esa protección al que no se porta bien, quien queda entonces en manos de los maléficos *wekufús*, demonios que enferman, traen accidentes o roban las almas de las personas.

Aun ahora, cada año los mapuches se reúnen en el *nguillatún* o *camaruco*, una ceremonia anual para pedir a Nguenechén salud, buenas cosechas y que se reproduzca el ganado.

Como intermediarios ante Dios y para luchar contra los *wekufús*, están los *machis*, a los que los criollos llaman "curanderos". Los *machis* (hoy, en su mayoría, mujeres) conocen además los remedios para distintas enfermedades del cuerpo y la mente. Los *kalkus* o brujos se dedican a hacer maleficios.

MAPUCHES Y *WINKAS*

Winka llaman los mapuches a los extranjeros, a los "blancos". Los conocieron en 1541, cuando el ejército del español Pedro de Valdivia llegó a Chile, en plan de conquista. Empezó entonces una larga guerra de resistencia que detuvo a los europeos, quienes en el siglo XVI pretendían convertirlos en esclavos para las minas de oro, o en mano de obra para sus campos. A los dos lados de la Cordillera de los Andes, la guerra duró largos años, cortada por períodos de paz. Fueron comunes los avances de tropas españolas y luego criollas sobre los poblados indígenas, y también los *malones* o ataques mapuches sobre los pueblos y las estancias de los blancos.

Pero a pesar de eso, este pueblo supo aprovechar mucho de lo que traían los europeos: con el caballo, fueron pronto mejores jinetes que ellos, y a fines del siglo XVI ya criaban vacas, cabras y ovejas, cuya lana se generalizó en los telares. Tanto éxito tuvieron en el pastoreo de animales, que mejoraron la calidad de las ovejas llegadas de España y consiguieron animales con más carne y mejor lana. También adoptaron nuevos cultivos, como el trigo, la cebada, la cebolla y la arveja. Los mercaderes indígenas llegaban a las fronteras y las ciudades para vender caballos, sal, tejidos y artículos de cuero y madera; los comerciantes criollos entregaban a las tribus herramientas, armas, ropas, azúcar, yerba paraguaya, bebidas, tabaco brasileño, tinturas de la India para telas, etcétera.

En la década de 1870 la ganadería argentina se valorizó, con el auge de las ovejas y su lana, necesaria para la industria textil inglesa. También mejoró el ganado vacuno, desde que se había inventado el buque frigorífico y se exportaba carne congelada a Europa. Por eso, las tierras indígenas en la Pampa fueron muy codiciadas, al tiempo que se quería garantizar la seguridad de las estancias. Entre 1879 y 1885 la campaña militar conocida como la "Conquista del Desierto" terminó con la independencia de los mapuches en la Argentina. Muchos de ellos murieron en la campaña y el resto fue forzado a trabajar en estancias o en el servicio doméstico, o confinado en "reservas", generalmente con tierras insuficientes y malas para el cultivo, mientras sus campos quedaban en manos de terratenientes y acaparadores. En ese mismo tiempo, en Chile, el Ejército emprendía la llamada "Pacificación de la Araucanía", con los mismos resultados.

Hoy, en la Argentina, hay unos 50.000 mapuches en las provincias de Neuquén, Río Negro, Chubut, La Pampa y Buenos Aires. En gran parte son crianceros (pastores de cabras y ovejas) o se dedican a la agricultura, si la calidad de la tierra lo permite. Una buena cantidad ha migrado a las ciudades. En las provincias del sur de Chile viven unas 700.000 personas de este pueblo. Están en una situación económica similar, aunque son relativamente más los que viven en ciudades como Concepción y, especialmente, Temuco, donde no es raro ver manifestaciones callejeras de indígenas que reclaman por sus derechos. El *mapudungún* o lengua mapuche se conserva, con especial fuerza en Chile, donde además es muy frecuente el uso de las joyas de plata tradicionales. Aunque hay mapuches católicos o de iglesias protestantes, muchas comunidades actuales celebran sus tradicionales ceremonias religiosas.

¿DÓNDE ENCONTRAMOS ESTAS HISTORIAS?

TRENGTRENG Y KAIKAI

Versiones de este relato aquí recreado, muy importante en la mitología mapuche, aparecen en una gran cantidad de autores, desde cronistas del siglo XVII como el Padre Rosales (*Historia general del Reyno de Chile*, Valparaíso, Imprenta de El Mercurio, 1877-8) hasta recopiladores contemporáneos de la Argentina y Chile.

EL BIEN PEINADO

Reelaboración basada en un relato recopilado por Bertha Koessler-Ilg (*Cuentan los araucanos*, Buenos Aires, Espasa-Calpe, 1954).

LOS BRUJOS CANÍBALES

Recreación a partir de una narración tomada por Félix José de Augusta (*Lecturas araucanas*, Valdivia, Imprenta de la Prefectura Apostólica, 1910).

LOS FAVORES DEL TIGRE

Esta reelaboración se basa en versiones de Augusta (obra citada) y Tomás Guevara (*Folklore araucano*, Santiago, Imprenta Cervantes, 1911). También existen otras, como las publicadas en los *Testimonios mapuches en Neuquén*, Buenos Aires, Fundación Banco de la Provincia de Neuquén, 1992, o las recopiladas por César Fernández (*Cuentan los mapuches*, Buenos Aires, Ediciones Nuevo Siglo, 1995).

PROBLEMAS POR CULPA DEL VIEJO LATRAPAI
Recreación de una historia recogida por Ricardo Lenz (*Estudios araucanos. Materiales para el estudio de la lengua, la literatura y las costumbres de los indios mapuches o araucanos*, Santiago, Imprenta Cervantes, 1895-97).

TRES HERMANAS Y UNA QUE SABÍA ELEGIR BIEN
Recreación basada en versiones recopiladas por Lenz (obra citada).
Este cuento nos hace recordar, claramente, la historia europea de la Cenicienta, en una demostración de cómo algunos relatos viajan de boca en boca y hasta cruzan de ese modo el mar, mientras la gente les va cambiando detalles o agregando cosas.

LA BÚSQUEDA DE SHUSHU
Versión realizada sobre la base de una recopilación de Koessler-Ilg (obra citada).

ÍNDICE

Esta edición de 5.000 ejemplares
se terminó de imprimir en
Kalifón S. A.,
Humboldt 66, Ramos Mejía, Bs. As.,
en el mes de febrero de 2000.